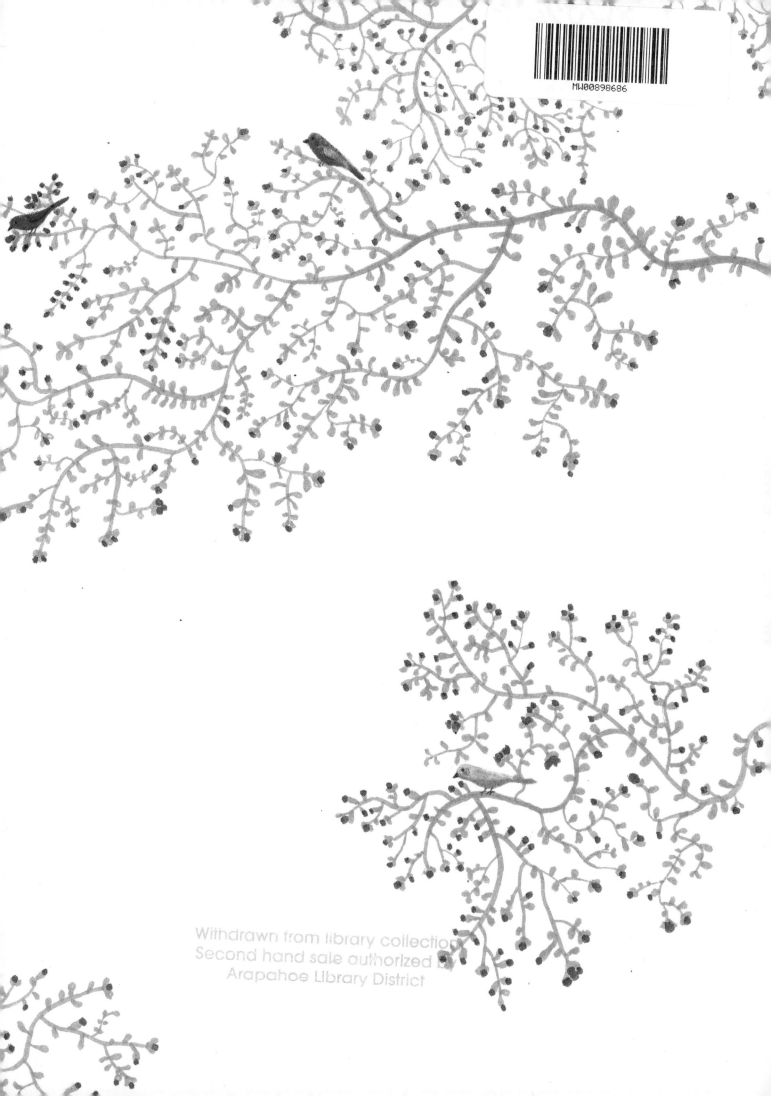

Para ti, siempre.
Para ti, muy pronto.

Dolores Brown

A mis padres,
que me enseñaron a amar.

Reza Dalvand

El día en que llegaste
Colección Somos8

© del texto: Dolores Brown, 2019
© de las ilustraciones: Reza Dalvand, 2019
© de la edición: NubeOcho, 2019
www.nubeocho.com · info@nubeocho.com

Título original: *The Day of Your Arrival*
Traducción: Luis Amavisca
Correctora: M.ª del Camino Fuertes Redondo

Primera edición: abril 2019
ISBN: 978-84-17673-01-7
Depósito legal: M-39091-2018

Impreso en Portugal.

EL DÍA EN QUE LLEGASTE

Dolores Brown   Reza Dalvand

nubeOCHO

A veces, cuando tienes muchas ganas de que ocurra algo,
tienes la sensación de que nunca terminas de esperar.

Te estuvimos esperando mucho tiempo.

No sabíamos cuándo vendrías.

Preparamos tu habitación,
porque sabíamos que un día llegarías.

No sabíamos cuál era tu nombre,
ni de qué color eran tus ojos.

¿Te gustaba el algodón de azúcar?
¿Quizás el chocolate caliente?

Emilio también te esperaba.
Con un conejito siempre hace más calor en invierno.

Cuca también te esperaba.
Con una pata de goma,
el baño es siempre más divertido.

Un buen día, por fin, llegaste.

Descubrimos que sí,
te gustaba el chocolate
caliente y el algodón de azúcar.

Pero lo que más te gustaba
era mojar el algodón de azúcar
en el chocolate.

¡Qué bonito fue
empezar a conocernos!

Poco a poco, conociste a primas y primos,
a los tíos y a muchas amigas y amigos.

Te encantaba ir a las montañas
para visitar a los abuelos.

¿Te acuerdas de la profesora Rosy?
Hiciste muchos amigos en su clase.

Desde que llegaste, Emilio y Cuca
son más felices que nunca.

También nosotros.

Porque estuvimos mucho tiempo esperándote…

Y las cosas más esperadas
son también las más queridas.